Benjamin Rabier

Les Tribulations d'un Chat

PARIS
Librairie Illustrée, Jules TALLANDIER, Éditeur
8, RUE SAINT-JOSEPH, 8

Les
TRIBULATIONS D'UN CHAT

PUBLISHED NOVEMBER BY 1908 PRI-
VILEGE OF COPYRIGHT IN THE
UNITED STATES, RESERVED UNDER
THE ACT APPROVED MARCH 3 1905
BY TALLANDIER : : : : :

Les
Tribulations d'un Chat

Texte et Illustrations

de

BENJAMIN RABIER

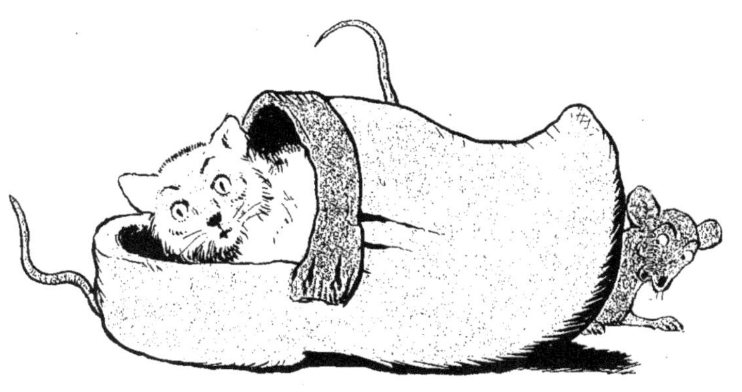

PARIS

LIBRAIRIE ILLUSTRÉE Jules TALLANDIER, ÉDITEUR

8, RUE SAINT-JOSEPH, 8

TABLE DES MATIÈRES

Les
TRIBULATIONS d'un CHAT

I

Premiers pas dans la vie. — Tip-Top, le bouledogue. — Mes farces au
père Matelote. — Mon amie Ninette. — Le plat voyageur. —
Ma première ascension.

Je m'appelle Tout-Blanc parce que mes poils soyeux ont l'air de flocons de neige. Mes
parents étaient un modeste ménage de chats campagnards qui habitaient, au village, un grenier
de ferme ; et ce fut là que je vins au monde. Un vieux sabot abandonné fut le berceau de
ma première enfance et j'y grandis sous les yeux attentifs de ma mère. Mais maman n'était

pas toujours là : elle s'absentait de temps en temps pour aller chercher sa nourriture, et, pendant ces absences, je voyais avec surprise une foule de petits animaux très vifs, au nez pointu et à la queue frétillante, sortir de tous les trous du grenier et venir m'examiner dans mon berceau avec une mine curieuse et inquiète. Mais comme, ne sachant pas ce que me voulaient ces étranges petites bêtes, j'avais l'air encore plus inquiet qu'elles, elles se rassuraient bien vite. Alors, elles riaient entre elles de mon air naïf et finissaient par organiser de joyeuses rondes autour de mon sabot. J'appris bientôt, du reste, que ces petits animaux moqueurs étaient des souris.

De cette époque datent mes premières armes contre elles. Mais, je dois le dire, mon début dans la carrière fut loin d'être un succès. J'étais encore si gauche et si ignorant et je savais si mal m'y prendre pour les saisir! Dès que j'en voyais une, la tête dans le trou d'une souricière, je m'approchais à pas de loup, j'allongeais la patte vers la souris en appuyant sur le ressort du piège. Crac! Naturellement, il se détendait, et je restais tout interdit de voir ma souris, délivrée par ma maladresse, s'enfuir et disparaître dans son trou! En sorte que ce n'était pas elle qui était attrapée : c'était moi.

Mais on ne reste pas toute sa vie un bébé et en grandissant, j'apprenais bien des choses. J'apprenais notamment que les chiens et les chats ne peuvent pas se souffrir : il y a entre eux une antipathie naturelle dont je commençai à ressentir les effets dans mes premières relations avec Tip-Top, le bouledogue de la maison qui avait sa niche dans le jardin. Quel être hargneux

et mal élevé que ce vilain bourru ce chien-là ! Je ne lui avais pourtant rien fait, et il ne pouvait pas m'apercevoir sans grogner, gronder et se hérisser comme une pelote d'aiguilles, en roulant des yeux terribles. Naturellement, je me hérissais aussi en faisant le gros dos et en soufflant.

Un jour, cet être malfaisant ne s'en tint pas à des grognements : il s'élança furieusement sur moi. D'un bond de côté, fort heureusement, j'évitai ce brutal et je pris la fuite. Alors Tip-Top me donna la chasse en me forçant à sortir du jardin et à enfiler la route, et je ne sais trop ce qui fût advenu de moi si je n'avais tout à coup vu un enfant du village qui, assis au bord d'une butte de terre très élevée, tenait la ficelle d'un cerf-volant enlevé dans l'espace. M'élancer sur cette ficelle fut l'affaire d'un instant ! Je m'y accrochai des deux pattes de devant et m'abandonnai entre ciel et terre à ce pont si frêle ! Alors, sous mon poids, le cerf-volant s'abaissa et je fus doucement déposé à terre dans la plaine pendant que Tip-Top, demeuré au sommet de la butte et n'osant sauter d'une telle hauteur, me regardait avec une stupeur pleine de rage.

J'étais hors de danger ! Et, amusé par la mine déconfite de mon ennemi, je me mis à rire de bon cœur, en remerciant tout bas le petit garçon qui avait eu l'esprit de ne pas

lâcher la ficelle du cerf-volant et le cerf-volant qui avait bien voulu, en s'abaissant doucement, m'aider dans ma périlleuse entreprise.

Mais les chiens en général et Tip-Top en particulier n'étaient pas les seuls ennemis que ceux de ma race pouvaient craindre dans ce village. Il y avait non loin de chez nous certain restaurateur qu'on appelait le père Matelote, mais qu'on aurait mieux fait de nommer le père Gibelotte, car il avait la réputation de réussir admirablement ce plat estimé. Seulement, c'est généralement avec du lapin qu'on fait la gibelotte, mais le père Matelote trouvait bien plus économique de la faire avec du chat : car les lapins, il aurait été obligé de les acheter, tandis que les chats, il ne se donnait que la peine de les prendre avec des pièges ingénieux. C'était commode pour lui, mais terrible pour

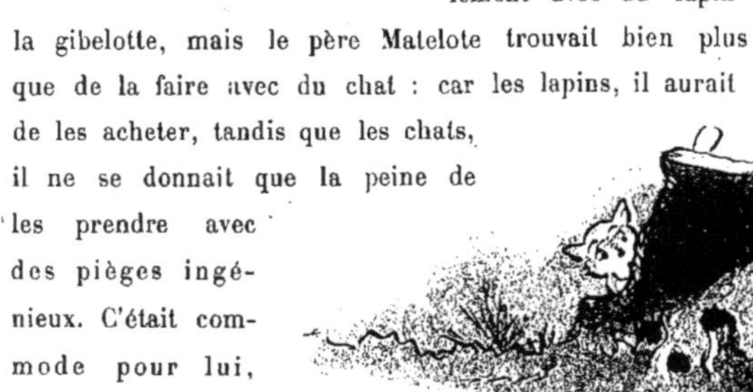

nous. Aussi était-il haï de tous mes congénères et de moi en particulier, et je guettais depuis longtemps l'occasion de lui jouer un excellent tour lorsqu'un jour, caché derrière un tronc d'arbre, je vis passer cet affreux cuisinier portant un panier auquel il avait adapté des roulettes :

— Hum! me dis-je. Voilà un panier à roulettes qui ne me dit rien qui vaille! Je flaire là quelque infernal engin dirigé contre les chats. Je veux en avoir le cœur net!

Et, poussé par la curiosité autant que par un secret instinct, je suivis le père Matelote en ayant bien soin de ne pas me laisser voir.

Mes pressentiments ne m'avaient pas trompé, car, à la lisière d'un petit bois, je vis le père

Matelote s'arrêter et préparer son piège. Devant un tuyau de poêle à demi enfoncé dans un terrier à lapin, il étendit une planche dont l'une des extrémités reposait sur une grosse pierre de façon à rendre la planche oblique. Sur ce plan incliné, le restaurateur déposa son fameux panier à roulettes dont un des couvercles était ouvert. Et, dans le fond, on apercevait un morceau de foie très appétissant.

— Comment doit donc fonctionner tout cet arrangement d'objets divers? me demandais-je anxieusement derrière le buisson où je m'étais blotti, et que va-t-il se passer?

Je ne me le demandai pas longtemps. Car, le père Matelote s'étant dissimulé lui-même au fond

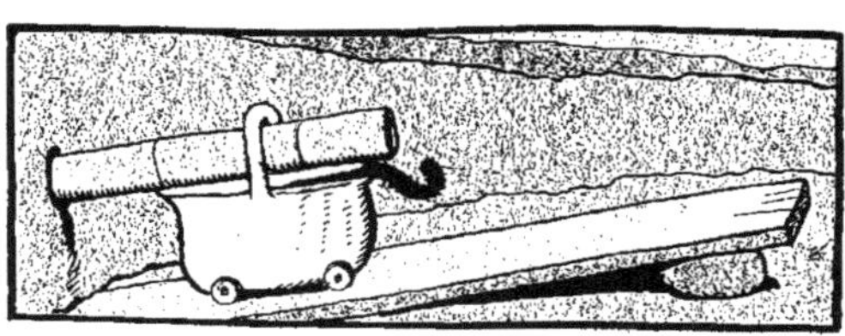

d'un fossé, je ne tardai pas à voir paraître et s'avancer un chat que je connaissais bien, car il était du pays : c'était un chat aussi noir que j'étais blanc et qu'à cause de cela on appelait Négro. C'était un bon garçon de chat avec lequel j'avais

fait plus d'une partie. Attiré par l'odeur affrio-
lante du foie, il se dirigea tout droit vers le panier
perfidement ouvert et j'étais sur le point de lui
crier : « Casse-cou! » lorsque d'un bond, il sauta
dedans. Au même moment, le panier à roulettes,
entraîné par le poids de Négro, se mit à rouler
sur le plan incliné de la planche, vers le tuyau
de poêle qui, pénétrant dans l'anse et rabattant le
couvercle sur mon pauvre camarade, le maintint
captif dans le panier comme un verrou qu'on pousse
à la porte d'une prison. Aussitôt, l'infâme Matelote, bondissant de sa cachette, s'empara du panier

et du tuyau et emporta sa proie vivante avec un sourire de joie diabolique.

Je me gardai bien d'abandonner le malheureux Négro en ces tristes circonstances. Je me remis à
suivre de loin le criminel restaurateur en agitant dans ma pensée mille projets confus et indignés :

— Il faut sauver mon ami noir à tout prix ! me disais-je sans perdre de l'œil celui qui l'emmenait

prisonnier. Il serait honteux
de laisser ce perfide cuisinier
en faire une gibelotte! Oui,
mais comment tirer Négro de
ses griffes?

. C'est là en effet qu'était la difficulté, je ne trouvais rien, et je commençais à donner sérieusement
ma langue à mes congénères, c'est-à-dire aux chats, lorsque, tout à coup, voilà le père Matelote qui,
arrivé devant la porte de sa maison, dépose panier et tuyau à terre et entre chez lui. Bravo! Je cours
au panier solitaire. Saisissant le tuyau-verrou entre mes pattes de devant, je le tire en arrière, et, le
couvercle devenu libre, j'ai la satisfaction de voir Négro joyeux et reconnaissant, s'évader du panier et
s'enfuir. Non loin de là, gisait un lapin en carton, probablement abandonné par les enfants du restaurateur. Pour compléter ma bonne action par une bonne plaisanterie, je le glissai dans le fond du panier.

Et je renonce à dépeindre la stupeur et la déception du père Matelote lorsqu'au lieu du chat noir
sur lequel il comptait, il se trouva nez à nez avec un lapin blanc à roulettes sur lequel il ne comptait
guère et qui jouait du tambour en le regardant d'un œil moqueur !

Mais cette farce-là ne valait pas encore celle que je lui fis par la suite. Un matin, j'aperçus, parmi les détritus de la maison, une belle tête de poisson, munie de son arête dorsale : tout ce qui restait d'une superbe carpe au bleu mangée la veille à souper!

— Fameuse trouvaille! m'écriai-je tout joyeux en m'emparant de ces dépouilles poissonnières. On dirait que le hasard a placé cela tout exprès sous ma patte pour le père Matelote.

Car j'avais mon idée. Tout en riant dans ma moustache, je débarrassai la tête de carpe de ses arêtes, je l'adaptai solidement comme un masque à l'extrémité de ma queue et je me dirigeai vers la

demeure de l'ennemi des chats. A sa porte, sur un banc, j'aperçus précisément une marmite qu'il avait sans doute préparée pour les gibelottes futures. O chance inespérée! Elle était vide et le couvercle en était placé de travers, laissant entre le bord et lui une issue par laquelle je pus, en m'aplatissant un peu — mais j'avais l'échine si souple ! — me glisser dans l'intérieur sans avoir été vu. Et voici, au bout d'un instant, notre père Matelote qui paraît, l'air affairé, se dirige droit sur la marmite, soulève le couvercle... Un cri de terreur sort de sa bouche et l'épouvante faillit l'asseoir par terre ! C'est que, de l'intérieur de la marmite, comme d'une boîte à surprise, a jailli un énorme serpent, un monstre fantastique qui semble menacer le restaurateur de sa gueule ouverte.

C'est tout simplement la tête de carpe que j'ai dressée en l'air au bout de ma queue!

Un autre jour, je prenais le frais sur le toit

même de la maison du père Matelote et je pensais à lui, c'est-à-dire que je me demandais quel nouveau tour j'allais lui jouer : car je détestais si cordialement ce méchant cuisinier que je ne pouvais pas songer à lui sans chercher immédiatement à lui causer quelque dommage. C'était plus fort que moi! En me penchant un peu, j'aperçus précisément en bas, à côté de sa porte et sous le tuyau de descente des eaux, aboutissant à la gouttière du toit où je me trouvais, une grande bouteille d'huile d'olive de premier choix que Matelote venait d'acheter fort

cher. Presque en même temps, dans la gouttière, je vis une boule de jeu de quilles que des gamins avaient logée là en la lançant en l'air.

— La voilà! La voilà bien, ma farce! me dis-je. Je la tiens. Il faut que cette boule de bois entre en relations un peu brusques avec cette bouteille d'huile!

Et avec ma patte, je fis doucement rouler la boule dans le chéneau jusqu'à l'orifice du tuyau qui, en bas, comme je l'ai dit, s'ouvrait tout près de l'huile. La boule entra très bien dans le tube de zinc, dégringola jusqu'en bas et paf! sortant du tuyau comme un boulet de canon, fracassa la grosse fiole de verre. Toute l'huile se répandit par terre en un lac d'un jaune d'or magnifique et le père Matelote s'en arracha les cheveux! Quant à moi, je m'en tins les côtes à force de rire!

Si le père Matelote était le fléau des chats, il avait par contre une gentille petite fille appelée

Ninette, qui les adorait. J'étais son favori et elle aimait à me caresser en me berçant dans ses bras comme une poupée. C'était vraiment une excellente enfant. Rien n'était trop bon pour son cher Tout-Blanc, qu'elle surnommait le Roi des chats! Elle partageait avec moi toutes les friandises qu'on lui donnait et m'apportait souvent des jattes de lait que je savourais avec délices, car — pourquoi ne pas l'avouer — je suis un peu gourmand comme tous ceux de ma race et j'ai un faible pour les chatteries : ce qui est bien excusable chez un chat. Mais si j'aime les bonnes choses,

j'aime aussi les bons sentiments et je les cultive. Les gâteries de Ninette ne s'adressaient pas à un ingrat et je résolus de lui prouver ma reconnaissance par un échange de bons procédés auxquels elle ne devait certainement

pas rester insensible. Un matin qu'elle buvait son chocolat sur un banc du jardin, je lui apportai une souris que je venais de prendre. Dame ! Elle se privait bien de son lait pour moi : je pensais lui faire un grand plaisir en me privant pour elle d'une souris que je considérais comme un régal succulent. Mais combien je me trompais ! Au lieu de croquer la souris avec joie, la fillette fut prise d'un tel dégoût qu'elle en chavira par terre son bol de chocolat en s'écriant avec une grimace d'horreur :

— Pouah ! Le vilain minet ! Qu'est-ce qu'il m'apporte là ?...

Et elle s'enfuit. J'en demeurai stupéfait et interloqué :

— Comment ! m'écriai-je, je viens lui offrir ce que nous autres chats nous considérons comme le plat le plus fin et le plus délicat de notre cuisine : une jolie petite souris bien

grasse et bien tendre... Et voilà l'accueil qu'elle lui fait ? Qu'est-ce que cela veut dire ? C'est à n'y rien comprendre et je n'y comprends rien !... De nouveau, je donne ma langue au chat !

Négro, le chat noir que j'avais tiré des mains du père Matelote, était probablement assez mal nourri chez ses maîtres, car il venait souvent rôder dans la cour de notre ferme autour de la pâtée de Tip-Top le bouledogue, avec des mines gourmandes de chat qui voudrait bien y

goûter ; mais il n'y goûtait guère, car le chien faisait bonne garde autour de son bien : en sorte que Négro en était réduit à ne dévorer la pitance que des yeux. Pauvre camarade couleur de suie ! Il me faisait réellement de la peine et je résolus, un jour, de lui offrir le déjeuner qu'il semblait tant désirer. Le petit Matelote, le fils du restaurateur, avait précisément laissé dans la cour où il était venu s'amuser quelques instants auparavant, une petite automobile mécanique munie de son chauffeur en bois peint. La vue de ce jouet me suggéra une idée mirobolante ! J'avais vu plus d'une fois le jeune Matelote remonter la mécanique de son joujou et le faire marcher : je savais donc très bien m'y prendre pour mettre l'auto en mouvement. Je la remontai

à fond et doucement, bien doucement, sous les yeux de Négro qui se demandait avec surprise où je voulais en venir, je poussai l'auto vers le plat de fer-blanc qui servait d'écuelle à Tip-Top. Il y avait derrière l'automobile

un crochet que j'engageai dans une des anses du plat. Et, m'effaçant, je laissai agir le ressort... Ah ! ce ne fut pas long ! Presque immédiatement, l'automobile démarra et se mit en marche, entraînant derrière elle l'écuelle et la pâtée exactement comme une locomotive entraîne un wagon ! On juge de la stupeur du chien et du joyeux étonnement de tous les animaux de la

ferme accourus lorsqu'ils virent la pâtée fuir ainsi et traverser la cour. Tip-Top, enchaîné, aboyait de rage; la galerie riait bruyamment et, moi, je miaulais de joie. C'était un vacarme à ne plus s'entendre !

Et l'auto filait, filait, et l'auto filait toujours ! Elle était sortie de la cour de la ferme : maintenant, elle courait sur la route. Négro, qui avait fini par comprendre mes intentions, n'hésita pas une minute à s'élancer à sa poursuite et l'atteignit juste au moment où elle rencontrait la butte de terre d'une taupinière. L'avant de la voiture s'enfonça dans le petit monticule et

l'auto s'arrêta net devant l'obstacle. La pauvre taupe qui habitait ce trou, en voyant arriver ce convoi inattendu, avait levé les bras au ciel et piqué une tête dans ses galeries souterraines. De sorte que le camarade Négro put tranquillement se mettre à table et savourer la pâtée qu'il convoitait depuis si longtemps. Rendons-lui cette justice : il n'en laissa pas une miette. Mais, pendant qu'il dévorait, l'automobile, toujours poussée en avant par ses ressorts, avait refoulé une bonne partie de la terre qui formait la butte dans les couloirs souterrains de la taupi-

nière. Quand le chat noir eut terminé son repas, le monticule n'était déjà plus qu'une toute petite bosse de terre. Alors, l'auto, qui se trouvait allégée de tout le poids de la pâtée mangée par Négro, se remit en mouvement, franchit facilement ce qui restait de la petite butte de terre et reprit sur la route sa mar-

che rapide, entraînant l'écuelle vide à une vive allure.

· La route que suivait la minuscule automobile longeait un bois où, à travers les arbres, courait un petit levraut que poursuivait une meute de chiens. Ah ! comme il détalait, le pauvre petit animal, pour échapper à ses ennemis ! Malheureusement, ses pattes n'étaient pas encore bien longues, il ne pouvait pas fuir aussi vite qu'un lièvre et il avait grand'peur d'être rejoint par les chiens. La chance voulut qu'il débouchât sur la route au moment où passait la petite automobile, traînant toujours son plat de fer-blanc derrière elle.

— Sauvé ! Je suis sauvé ! s'écria joyeusement le petit levraut en s'élançant pour rattraper la voiture. Ohé, conducteur, ohé ! Y a-t-il encore une place à l'intérieur ?

Oui, il y avait une place — dans le plat où le petit levraut s'empressa de sauter lestement. Il s'y accroupit sur les jarrets et l'auto, malgré ce surcroît de charge, continua sa course en emportant son voyageur dans un tourbillon de poussière. Le petit chauffeur en bois peint avait toujours la main sur le volant et l'œil attentif à la direction.

Et voilà que tout à coup arrivent sur la route, le nez en terre, les chiens qui chassaient le levraut. Mais là, ils s'arrêtent, étonnés. Ils avaient perdu la piste, ils étaient tout désorientés et ils durent s'en aller, l'oreille basse, pendant qu'à cent mètres plus loin, le petit levraut, hors de danger, sautait dans un buisson et regagnait son terrier.

— Bravo ! me disais-je. Voilà une brave petite automobile ! Mais il était temps, plus que temps, d'arrêter l'auto qui, si on l'avait laissée continuer, aurait été capable d'aller jusqu'à Paris ! Je m'élançai donc sur elle et je la retournai. Elle refit en sens contraire le chemin parcouru et alla se jeter dans les jambes de son jeune propriétaire, le fils Matelote, qui commençait à s'inquiéter de sa disparition et fut très heureux de la revoir.

Cependant, le père Matelote méditait contre moi les plus noirs projets. Il avait appris que j'étais l'auteur de toutes les mauvaises plaisanteries dont

il était victime depuis quelque temps : des voisins m'avaient vu et dénoncé. Et le vindicatif restaurateur ne cherchait qu'une occasion de se venger de moi. Hélas ! Elle ne se fit pas attendre. Et un
matin que je passais allègrement devant sa maison, un bras s'allongea par une fenêtre du rez-de-
chaussée, une paire de pincettes me saisit par la queue, m'enleva de terre et me plongea dans
un tonneau dont le couvercle se referma sur moi ! J'étais le prisonnier du père Matelote ! Son

idée, en me capturant ainsi, était de se débarrasser de moi, non pas en me transformant en gibelotte, mais en usant d'un procédé plus original, comme on va le voir.

C'était précisément ce jour-là la fête du village. On devait lâcher, sur la place de la Mairie, un ballon dans la nacelle duquel on avait résolu de placer un chat. Et, comme le père Matelote était un
conseiller municipal très influent, ce fut moi, hélas ! ce chat-là !! Ce fut moi, qu'aux acclamations
d'une foule en gaîté, le ballon enleva dans les airs. Le perfide restaurateur était vengé !

Le ballon vogua longtemps dans le ciel, ne sachant pas où il m'entraînait. Les pattes et le
museau appuyés au bord du frêle esquif aérien, je regardais d'un œil mélancolique les prairies, les
bois, les villages défiler sous moi. Pourtant l'aérostat, ayant perdu une bonne partie de son gaz,

commençait à redescendre et finit par tomber sur
la pointe d'un paratonnerre qui l'embrocha comme
un simple poulet. Paf ! Une effroyable explosion
se produisit et, violemment projeté hors de la

nacelle, je me mis à dégringoler dans le vide, culbutant, pirouettant, tournoyant et valsant dans l'espace comme un clown.

— Dans quelle position vais-je toucher terre ? pensais-je en exécutant des tête-à-queue formidables.

Je n'étais pas précisément rassuré sur mon sort. Mais, lorsque je me sentis près du sol, par un mouvement instinctif propre à ma race, je me retournai d'une violente torsion du corps : en sorte que, en véritable chat que j'étais, je tombai sur mes quatre pattes ! entre deux chiens que la chute imprévue de ce voyageur arrivant de la lune et tombant du ciel épouvanta et mit en fuite !

Je restai quelques instants immobile et légèrement étourdi de ma dégringolade ; bientôt, je repris complètement possession de moi-même, je me mis debout, et je me sentis beaucoup mieux !

MENAGERIE
THEATR

II

Mes nouveaux Maîtres. — La pêche à la ligne automatique. — Je deviens pompier. — Un chien bien extraordinaire.

L'endroit où le hasard m'avait fait tomber était un jardin dépendant d'une jolie maisonnette qu'habitait un ménage bourgeois, M. et Mme Placide, anciens commerçants retirés des affaires à la campagne. C'étaient de braves gens, bien tranquilles et pleins de cœur. Ils s'apitoyèrent sur mon sort, me recueillirent, m'emmenèrent dans leur villa où une bonne jatte d'excellent lait acheva de me rétablir complètement.

— C'est le ciel qui nous l'envoie ! déclara Mme Placide. Et, comme ils n'avaient pas d'enfant, ils m'adoptèrent.

De paysan, je devenais bourgeois. Allais-je moi aussi vivre de mes rentes dans l'oisiveté ? Mon maître, M. Placide, ne l'entendait pas ainsi. C'était un homme très actif et il s'était créé, en se retirant à la campagne, une foule d'occupations et de distractions qui ne lui permettaient pas de s'ennuyer une minute. Il jouait de la flûte, faisait des réussites, sciait du bois, greffait ses poiriers, s'adonnait à la photographie, cultivait des roses ; mais ce qu'il cultivait surtout c'était la pêche... à la ligne, son passe-temps favori. Et toutes les fois qu'il allait à la pêche, il ne manquait jamais de

m'emmener avec lui, après m'avoir passé au cou un joli petit collier de cuir bleu muni d'un anneau. Pourquoi ce collier? Pourquoi cet anneau? Ah! c'est que mon maître est plein d'imagination! Il a

inventé, pour prendre le poisson, un appareil excessivement ingénieux, grâce auquel la pêche se fait toute seule, automatiquement. Et cet appareil, c'est Tout-Blanc, votre serviteur, ne vous en déplaise,

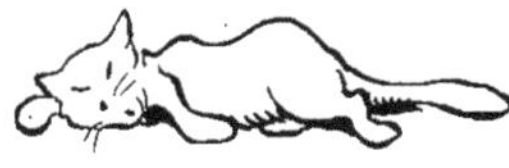  

tout spécialement dressé à cet usage. Voici comment je fonctionne comme engin de pêche à la ligne.

Aussitôt que nous avons gagné la rivière, mon excellent patron commence par m'attacher à la queue une canne à pêche très légère. Et me voici en position sur la rive : attaché par mon collier à

un petit piquet qui sort de terre, je tourne le dos à la rivière et la ligne laisse errer son flotteur à la surface de l'eau. Le bon M. Placide a même soin, pour que je ne m'ennuie pas trop, de placer devant moi une écuelle pleine de lait où je peux, de temps en temps, me rafraîchir. Brave M. Placide, va !

Et j'attends. J'attends patiemment que le poisson veuille bien mordre. Pendant ce temps-là, mon bourgeois qui n'a plus à s'occuper de rien qu'à attendre lui aussi, s'est commodément installé à l'ombre d'un arbre et lit son journal sans la moindre inquiétude : car, il sait bien que la pêche se fera sans lui... Oh ! oh ! qu'est ceci ? Voici ma queue tirée en arrière avec violence. Cela signifie qu'il y a une touche, une touche sérieuse. Le poisson a mordu et s'est

ferré solidement en gobant l'hameçon. Il doit être de belle taille, cet imprudent, car il tire très fort, il se débat ! Mais cela m'est égal. Tire, mon ami, tire tant que tu pourras ! Tirera bien qui tirera le dernier ! Ho hisse ! Un bon coup de reins en faisant le gros dos et houp ! vigoureusement, je dresse ma queue en l'air ! La canne à pêche suit le mouvement et c'est un magnifique barbillon, tout frétillant au bout de la ligne, que je tire de l'eau ! Ah ! ah ! joli poisson aux écailles argentées, n'avais-je pas raison, mon ami, de croire que je tirerais plus fort que toi ? Là-bas, mon maître, qui risque de temps en temps un coup d'œil dans ma direction pour voir si je fonctionne bien, a suivi toutes les

péripéties de la lutte et assisté à mon triomphe. Et le voilà qui donne tous les signes d'une allégresse sans égale :

— Par ici, mon petit Tout-Blanc ! me crie-t-il, par ici, le poisson ! Envoyez !

Oh! je connais mon métier! A ce signal, je donne, de la queue, un bon coup de fouet en avant, imprimant un vif élan à la ligne qui va déposer gentiment le barbillon entre les mains de M. Placide. Il n'a plus qu'à le décrocher et à le glisser dans son panier de pêche. Je bois un bon coup de lait, je l'ai bien gagné ; le patron me récompense d'une caresse, accroche un ver tout neuf à l'hameçon..... Et je reprends ma position de chat-automate pour la pêche à la ligne.

A la fin de la journée, le panier regorge de poissons. Et mon maître constate avec joie que la cuisinière va pouvoir préparer une succulente matelote ! J'en souris dans mes moustaches en me pourléchant d'avance, car je sais bien qu'on n'oubliera pas mes services et que, moi aussi, j'aurai ma part de cette matelote-là !

Dans ce sympathique intérieur bourgeois, je ne regrettais pas ma ferme natale. J'étais vraiment le plus heureux des chats. La bonne Mme Placide, qui m'avait pris en affection, me caressait et me

dorlotait sans cesse. Je faisais mon ronron sur ses genoux et j'étais l'enfant gâté de la maison. Aussi cherchais-je tous les moyens possibles de prouver à ces braves gens toute la reconnaissance que j'éprouvais pour eux !

Un beau jour que je me promenais paresseusement dans le jardin en humant avec délices le parfum des fleurs, au moment où j'arrivais à l'angle de la maison, près du bassin où le jet d'eau lançait gaiement vers le ciel sa gerbe de diamants liquides, ô épouvante ! Qu'est-ce que j'aperçus ?

Un gros nuage de fumée qui sortait de la cave par un soupirail. Je me souvins alors du proverbe connu : Il n'y a pas de fumée sans feu.

— Le feu ! me dis-je avec horreur. Le feu a pris dans la cave ! Le jardinier, en allumant sa pipe, a dû jeter, sans le vouloir, son allumette enflammée à travers ce soupirail. Elle sera tombée sur des tonneaux vides qui se sont enflammés ! C'est comme cela qu'on brûle les maisons ! Et mes bons maîtres qui ne s'en doutent pas et courent, à leur insu, les plus grands dangers ! Comment donner l'alarme ?

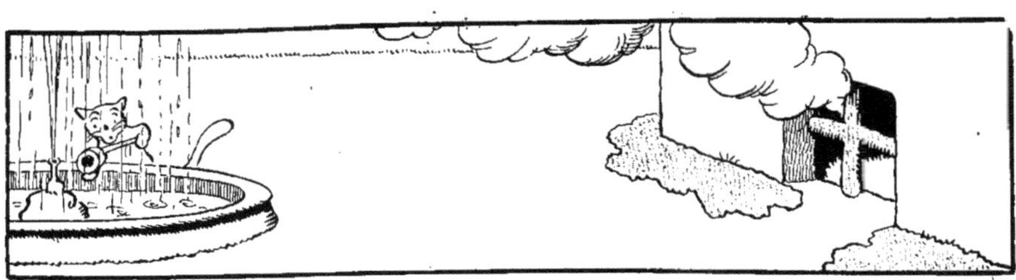

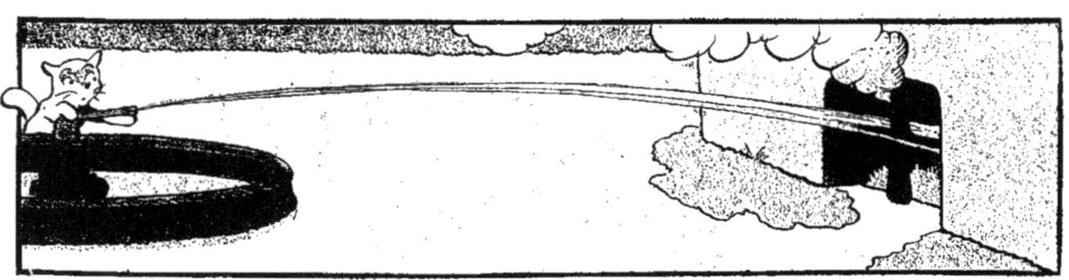

Mais immédiatement une idée meilleure encore jaillit de mon cerveau fertile. Éteindre ce commencement d'incendie était bien plus pressé et plus utile que de miauler : Au feu ! Mais comment l'éteindre ? J'avais mon plan. Comme un fou, je m'élançai dans la maison et courus au cabinet de travail de M. Placide où je savais qu'il avait l'habitude de déposer sa blague à tabac et sa pipe ! Dieu soit loué ! Elles y étaient. Sauter sur la pipe et la prendre entre mes dents est pour moi l'affaire d'une

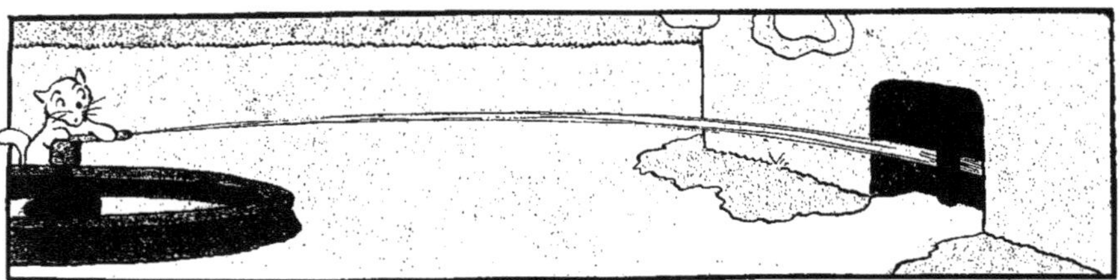

seconde. Et je repars comme une flèche. Les animaux de la basse-cour devant lesquels je passe pour regagner l'angle de la maison s'étonnent et pouffent de rire à me voir ainsi, la pipe à la bouche. J'essuie un feu roulant de brocards et de quolibets :

— Ohé, Tout-Blanc, ohé ! me crient-ils. Où cours-tu donc ainsi avec ta pipe ? Chercher du tabac probablement pour bourrer ta bouffarde ! Ah ! ah ! ah ! Un chat qui fume ! Cela ferait une belle enseigne pour une auberge !

— Coin ! Coin ! Coin ! nasille Maître Canard.

— Cocorico ! claironne le coq.

— Groin ! Groin ! Groin ! grogne le porc qui lui aussi est venu aux nouvelles.

Mais je me moque de ces propos ironiques ! Je passe comme un ouragan sans même y répondre. J'ai, en vérité, bien d'autres choses à faire ! Tous ces gens-là n'ont pas l'air de se douter que le feu est à la maison et je cours où mon devoir m'appelle, c'est-à-dire au jet d'eau qui continue à sautiller gaiement en face du commencement d'incendie. C'est lui qui va m'aider à le combattre. Il ne s'en doute guère, le joyeux jet d'eau. Et paf ! Je le coiffe tout à coup du fourneau de ma pipe. Le jet, dévié de sa direction verticale, s'élance dans le tuyau et se change en jet d'eau horizontal que, devenu pompier, je dirige habilement sur le soupirail de la cave. Le filet d'eau s'y engouffre et tombe sur le foyer de l'incendie.

Déjà la fumée diminue. Allons ! Encore un petit arrosage et voici le feu complètement éteint. Grâce à moi, le péril est conjuré, la maison préservée et mes excellents maîtres hors de danger. C'est du bel ouvrage ! Soyons poli avec mon précieux auxiliaire. Merci, jet d'eau ! Tu es un bon garçon ! Maintenant, allons replacer la pipe à l'endroit où je l'ai prise. Et de nouveau, je repasse en courant, la pipe à la bouche, devant la basse-cour assemblée. Mais, cette fois, ce n'est pas par des moqueries qu'elle m'accueille. Elle a compris. Elle m'a vu à l'œuvre et elle m'acclame au passage. J'aime mieux cela que les quolibets de tout à l'heure. J'en suis tout fier. Aussi, après avoir rapporté la pipe dans le cabinet de travail du patron, je suis le premier à rire de joie, tant une bonne action vous porte à la

gaieté. Et je me serre à moi-même la patte pour me féliciter de ma présence d'esprit et de mon ingénieux stratagème !

.
. .

M. et Mme Placide avaient un petit neveu nommé Achille qui habitait le pays et venait les voir de temps en temps. C'était un bon petit garçon, mais il était un peu espiègle ; nous étions une paire d'amis tous les deux : ce qui n'empêchait pas le jeune Achille d'aimer me jouer des tours d'ailleurs inoffensifs.

Un matin, comme je me dirigeais vers le petit banc où on avait l'habitude de placer ma jatte de lait, je restai stupéfait d'apercevoir devant mon lait un chien, mais un chien comme je n'en avais encore jamais vu — un gros petit chien bouleau, trapu, jaune, gras, si lisse que pas un de ses poils ne dépassait les autres et qu'il en était tout luisant. Immobile et muet, il me regardait avec de gros yeux étonnés.

Qu'est-ce que c'est que ce gros patapouf-là? me disais-je en avançant vers lui avec précaution et en faisant le gros dos. D'où sort-il et de quel

droit s'attable-t-il devant mon ner, ce gros sans-gêne ! Mais son impertinence. Il continue à avoir l'air de me voir et à demeu- immobile qu'une souche. Alors, blanche. C'est trop d'impudence à On parle aux gens! Attends, je pousse mon miaulement de com- sur le chien jaune! Mais à peine dans l'espace avec une légèreté

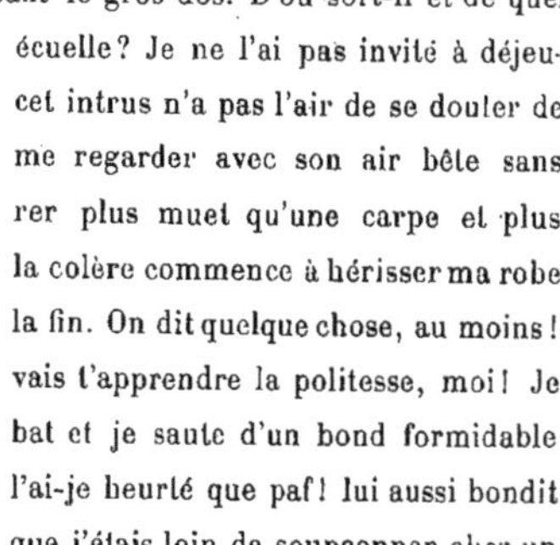

écuelle? Je ne l'ai pas invité à déjeu- cet intrus n'a pas l'air de se douter de me regarder avec son air bête sans rer plus muet qu'une carpe et plus la colère commence à hérisser ma robe la fin. On dit quelque chose, au moins ! vais t'apprendre la politesse, moi! Je bat et je saute d'un bond formidable l'ai-je heurté que paf! lui aussi bondit que j'étais loin de soupçonner chez un

toutou aussi gras, et le voilà qui me retombe sur le nez en équilibre !

Je lui lance un coup de patte et, plus léger qu'une bulle de savon, il voltige de nouveau pour me retomber encore sur la tête, mais il pèse si peu que je le sens à peine. C'est très curieux! Qu'est-ce que c'est que ce chien-là? C'est un véritable équilibriste aérien, et notre lutte res-

semble à un exercice de cir-
que. Je jongle avec lui comme avec un volant. C'est tout à fait
extraordinaire. Ah! tu fais le gracieux, gros toutou° Tu veux jouer avec
moi? Eh bien, tu vas voir ce que c'est qu'un bond élégant! Et
pendant qu'il retombe sur ses pattes, à mon tour, je m'élance en l'air
avec souplesse et je lui retombe sur le dos! Du chcc, ses pattes s'écar-
tent, il s'aplatit ventre à terre comme un chien mécanique. Mais sa
poitrine fait ressort contre le sol, et, d'un bond élastique qui
le remet sur ses pattes, il me lance dans l'espace avec une
force peu commune. J'exécute un saut périlleux inattendu

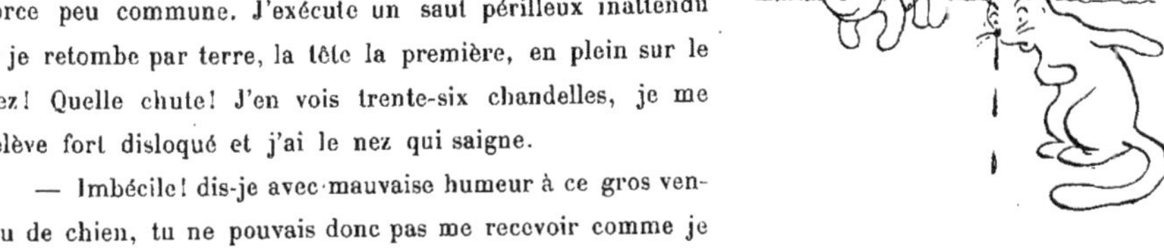

et je retombe par terre, la tête la première, en plein sur le
nez! Quelle chute! J'en vois trente-six chandelles, je me
relève fort disloqué et j'ai le nez qui saigne.

— Imbécile! dis-je avec mauvaise humeur à ce gros ven-
tru de chien, tu ne pouvais donc pas me recevoir comme je
t'ai reçu tout à l'heure quand tu sautais en l'air? Tu m'as laissé m'écraser le nez par terre! Ce n'est
pas très malin, ce que tu as fait là... Hein? Tu dis?

Mais il ne dit rien; il me regarde sans un mot et sans un mouvement : il n'a pas l'air de me
comprendre. Pour le coup, de nouveau, son
attitude m'exaspère!

— Tu ne l'emporteras pas en Paradis, affreux
chien jaune!

Et, d'un vigoureux élan, je lui saute sur le
dos en lui enfonçant mes griffes dans la peau.

— Ah! mais, c'est bien fait, cela lui apprendra...

— Eh bien, quoi donc?

Que veut dire ce phénomène?

— Voilà mon gros chien jaune qui se met à siffler maintenant!

— Mais non! Ce sont les petits trous que mes griffes ont faits à son dos qui sifflent!

On dirait que c'est du vent qui s'en échappe.

Et, en même temps, je vois ce pauvre gros diminuer, diminuer à vue d'œil!

— Il flageole sur ses pattes.

— Ah! comme il paraît malade!

— Il va tomber...

— Il tombe, il s'écrase sur le sol, si aminci, si aplati qu'il a l'air d'une loque. Hélas! hélas! le voilà étendu, les yeux fermés. C'est fini, il est mort, mon pauvre camarade : il est mort et c'est moi qui l'ai tué, sans le vouloir, d'un coup de griffe.

Les larmes m'étouffent et je me mets à pleurer tant que je peux de douleur et de remords!

Mais tout à coup, Achille, le neveu de mes patrons, paraît. Que va-t-il dire en voyant son chien dans cet état-là? Lui aussi va verser des larmes de chagrin. Eh bien! pas du tout. Il se met à rire et dit simplement :

— Regonflons Pataud !

Et le voilà qui ramasse le chien jaune et se met à lui souffler dans une patte. Et à mesure qu'il soufflait, Pataud semblait renaître et reprendre ses formes rondes. Ce fut pour moi un trait de lumière. Je compris tout, le silence et l'immobilité du chien jaune, son aspect luisant, son poil lisse, sa légèreté dans nos exercices de haute voltige aérienne et sa prétendue mort !

Pataud était un chien pour rire — un chien en baudruche qu'on pouvait, à sa fantaisie, gonfler d'air et dégonfler — un simple jouet que le jeune Achille avait trouvé amusant de mettre en relations avec moi et que j'avais pris pour un chien vivant.

Et je me mis à en rire autant que tout à l'heure j'avais pleuré.

III

L'inondation. — Le parapluie bateau. — Le c hien remorqueur. —
Le Sauvetage.

Cependant, le temps passait et j'espérais bien ne jamais me séparer de mes excellents maîtres lorsqu'un jour, voilà une effroyable tempête qui se déchaîne sur le pays! La pluie fait rage, l'ouragan souffle avec violence : c'est un véritable cyclone qui s'abat sur la contrée!

— Vite, vite! me dis-je en m'élançant dans la maison, allons prendre un parapluie! Il n'est que temps, si je ne veux pas me faire tremper jusqu'aux os!

Oh! je connais la manœuvre de cet ustensile protecteur pour l'avoir vu souvent exécuter par mes maîtres, et je l'ouvre facilement. Me voilà avec un parapluie! Je puis braver les rafales!

Elles deviennent de plus en plus violentes au dehors, les rafales! Le vent est en colère, les trombes de pluie augmentent. On entend partout des rumeurs et des clapotements. Que se passe-t-il donc? Je grimpe en trois bonds au grenier, je me dresse le long d'une fenêtre ouverte pour regarder. Grand Dieu! Mais c'est le déluge! La rivière, grossie par l'averse, a débordé et tout le pays est inondé. C'est

un fleuve qui coule dans les rues du village et qui couvre la plaine et les champs! Que d'eau! Que d'eau! Notre maison elle-même est envahie et je vois passer sous ma fenêtre, entraînés par le torrent, des meubles arrachés des habitations, des animaux qui nagent. C'est une terrible catastrophe ! Comment vais-je me tirer de là? Si seulement je voyais passer un bateau ou même une simple planche sur laquelle je pourrais m'installer pour me laisser conduire au fil de l'eau!... Tiens, mais que vois-je? Voilà le parapluie que j'ai ouvert tout à l'heure dans l'antichambre, qui s'en va à la dérive, le manche en l'air. On dirait une barque ronde avec un mât dans le milieu.

Voilà bien mon affaire! Je suis sauvé! Et, calculant bien mon élan, je pique une tête de la fenê-

tre du grenier dans le parapluie! Plouf! Du choc, le parapluie plonge un peu, mais ne chavire pas ! *Fluctuat nec mergitur!* Me voilà voguant dans mon frêle esquif, le bateau-parapluie, au hasard du courant qui m'entraîne.

Je ne suis pas seul d'ailleurs, je navigue en nombreuse compagnie : toutes les basses-cours, tous les animaux des prés et des bois ont décampé devant l'inondation et flottent. Les poules et les poussins qui ne savent pas nager sont montés sur le dos de leurs camarades les canards qui leur servent de bateaux de sauvetage. Et voici que tout à coup, j'arrive auprès d'une niche qui tournoie à la surface de l'eau. Le malheureux chien qui l'habite s'est hissé comme il a pu sur le toit de sa maison, mais elle va

sombrer, c'est certain, et, comme l'infortuné toutou y est retenu attaché par sa chaîne, il va être englouti avec elle et se noyer, c'est fatal! La position critique du pauvre animal m'émeut profondément. J'aborde franchement la niche en criant au chien : « Courage, camarade! Voici du secours! » En même temps, je détache la chaîne qui le retient prisonnier. Il était temps! Voilà la niche qui disparaît dans un remous! Le chien, délivré, a sauté à l'eau en excellent nageur qu'il est et il me crie :

— Merci, camarade. Vous êtes la perle des chats! Un service en vaut un autre : vous m'avez

sauvé la vie... Je vais vous guider vers la terre ! Et le voilà qui se met à nager vigoureusement.

Debout dans mon parapluie-bateau, je tiens l'extrémité dè la chaîne du chien qui sert ainsi de remorqueur à mon embarcation, et nous glissons doucement sur les eaux.

— Terre ! Terre !... Nous touchons enfin la rive, nous abordons. Mon chien remorqueur saute. le premier sur l'herbe où je m'élance après lui. Enfin, nous foulons la terre ferme.

— Mon cher Tout-Blanc, me dit alors mon compagnon, maintenant que vous voilà en sûreté, je vous fais mes adieux pour m'en retourner à la nage du côté de la demeure de mes maîtres.

— Adieu donc, mon cher ami, répondis-je en lui serrant les pattes dans les miennes avec effusion, au revoir et encore merci !

Et plouf ! mon nouvel ami pique une tête dans l'eau et s'éloigne en tirant sa coupe. Il s'agit maintenant de m'orienter : où suis-je ? Je regarde autour de moi, et j'aperçois, non loin de là, la façade imposante d'un superbe château qui s'élève dans la plaine au milieu d'un parc.

— Oh ! oh ! m'écriai-je. Cette magnifique demeure ne peut appartenir qu'à de riches personnages. Dirigeons-nous vers ce castel seigneurial. Et je me mis résolument en marche dans la direction de ce splendide château qui abritait le Baron de la Roche-Pointue et sa noble famille.

IV

Au château. — Deux petits drôles. — Mésaventures d'une queue de chat. —
Bob et Miss Madge. — Le carlin sans tête.

J'entrai dans le parc à travers les barreaux d'une grille dorée et la première personne que je rencontrai, ce fut le jeune Jack, le fils du châtelain, qui parut enchanté de me voir et m'adressa les appels les plus flatteurs. Il alla même chercher une jatte de lait qu'il mit à ma portée. Ces procédés amicaux me disposèrent très bien en sa faveur : si bien même que je ne fis aucune difficulté pour me laisser prendre et emporter par Jack qui s'empressa d'aller me présenter à son ami Isidore, le fils du garde-chasse de son père. Tous deux me caressèrent à qui mieux mieux et parurent très joyeux de posséder ma petite personne. Je m'en félicitais moi-même intérieurement :

— Allons ! me disais-je, voici deux bons petits garçons qui ont l'air d'aimer beaucoup les animaux et avec lesquels je suis sûr d'être très heureux !

Ah ! combien je me trompais et comme j'appris, à mes dépens, qu'il ne faut pas se fier aux apparences et juger les gens sur la mine ! Les deux prétendus bons petits garçons n'étaient que deux affreux loustics

toujours prêts à jouer aux gens et aux bêtes des tours pendables et, s'ils étaient si contents d'avoir trouvé un chat, c'est qu'ils espéraient bien en faire la victime de leurs abominables farces. Leur premier exploit fut de m'attacher à la queue un papier enflammé que je ne réussis à éteindre qu'en courant tremper mon appendice caudal incendié dans une terrine d'eau. Puis, ce fut une casserole — supplice traditionnel ! — que ces méchants garçons ficelèrent en riant à ma pauvre queue déjà si éprouvée ! Effrayé par le tintamarre de

l'ustensile que je traîne à ma suite, je prends la fuite au pas de gymnastique, et la maudite casserole vole sur mes talons en bondissant comme une balle élastique.

Il y avait, dans le parc du château, une chèvre familière qui broutait les pelouses. Dans ma course, affolée, je passe près d'elle et la casserole, d'un bond plus violent que les autres, lui retombe sur les cornes et y reste accrochée, la coiffant ainsi d'un casque de fer blanc ! La chèvre tire de son côté, je tire du mien, et la ficelle qui retient la casserole à ma queue finit par se casser — fort heureusement. Me voilà délivré ! Un gros carlin qui avait assisté à la scène, s'approche de moi d'un air apitoyé et me murmure des paroles amicales. Il avait l'air d'un excellent garçon de chien, un peu pataud, mais bon enfant. Je le remerciai et nous

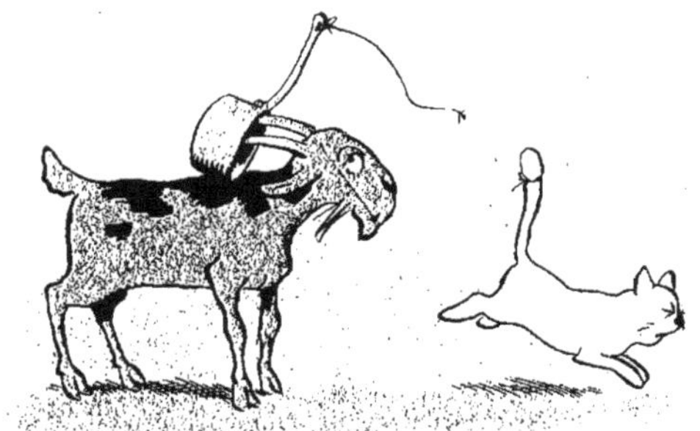

nous donnâmes une bonne poignée de pattes. Il m'apprit qu'il s'appelait Bob et qu'il appartenait à Miss Madge, l'institutrice anglaise de la fille du châtelain.

— Si vous voulez, me proposa-t-il avec un léger accent britannique, nous serons amis et nous nous consolerons mutuellement des petits désagréments que ces mauvais drôles de Jack et d'Isidore pourront nous causer.

— J'accepte de bon cœur, excellent Bob ! lui répondis-je ému. Il est doux d'avoir des amis dans le malheur !

Et nous jetant dans les bras l'un de l'autre, nous nous embrassâmes comme deux frères. Cependant, ma queue était encore endolorie de l'aventure.

— Faut-il que ces polissons soient cruels ! me dis-je, pour trouver du plaisir à faire souffrir un malheureux chat inoffensif. Oh ! mais qu'ils ne croient pas en être quittes à si bon marché ! J'aurai mon tour ! Je me vengerai d'eux ! Ils peuvent s'y attendre. Je guetterai l'occasion et ils verront à quel chat ils ont à faire !!

Heureusement qu'au château, j'avais encore une alliée en Miss Madge, l'institutrice anglaise, auprès de laquelle Bob m'avait conduit en me vantant sa

douceur et sa bonté. Elle s'était prise pour moi d'une grande affection : son carlin et moi, nous nous partagions son cœur et ses bonnes grâces. Elle me promenait dans le parc en me tenant dans ses bras où je ronronnais de plaisir. L'excellent Bob nous accompagnait dans ces promenades et trottinait à côté de sa maîtresse en levant de temps en temps ses bons gros yeux vers moi. Et Jack et Isidore, les bons apôtres,

nous regardaient de loin en ricanant. Ils en voulaient à Miss Madge de l'amitié qu'elle nous témoignait et complotaient ensemble de lui jouer quelque méchant tour. Ce qui ne manqua pas d'arriver, comme on va le voir. Un beau jour, ces deux galopins réussirent à s'emparer du pauvre Bob et lui enlevèrent le petit pardessus de drap bleu que sa maîtresse lui mettait pour le préserver de la fraîcheur du parc. Ils prirent ensuite un de ces ballons de forme ovale qui servent à jouer au foot-ball et l'habillèrent du paletot bleu du

chien. Cinq bouchons qu'ils collèrent au ballon par leur cire, préalablement chauffée et amollie, figurèrent admirablement quatre courtes pattes et une courte queue. Ils posèrent cet assemblage sur un banc qui se trouvait sous la fenêtre de la chambre à coucher de Miss Madge et, emmenant Bob, un peu ahuri, avec eux, ils allèrent se cacher à l'angle de la maison, pour voir ce qui allait se passer. Le ballon, avec son paletot, ses pattes et sa queue, reproduisait à s'y méprendre la tournure du carlin : il ne lui manquait que la tête !

Pendant que nos deux polissons préparaient leur mauvaise plaisanterie, Miss Madge, étonnée de ne pas voir son chien près d'elle, le cherchait partout dans sa chambre. Pour voir s'il n'était pas dans le parc, elle ouvrit sa fenêtre... Ah ! quel cri d'horreur elle pousse en aper-

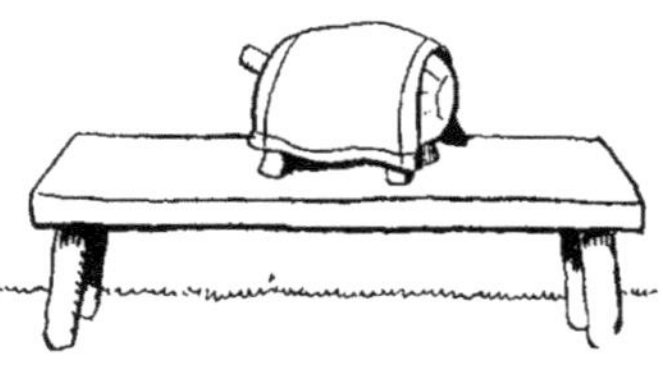

cevant le ballon de foot-ball qu'elle prend pour son chien... Elle clame, avec des larmes dans la voix :

— Mon petit Bob ! Mon pauvre toutou ! Au secours ! On lui a coupé la tête !!

Vous pensez si, de leur cachette, nos deux garnements, en voyant et en entendant le désespoir de l'Anglaise, se tordaient de rire, les petits gueux !

V

La girouette et le tuyau de poêle. — Je sauve la vie de Jack. —
Le renard volant à queue de boa.

Du haut d'une cheminée du château où j'étais perché, j'avais assisté à toute cette petite scène et je déplorais la méchanceté de Jack et d'Isidore lorsque, levant les yeux, ils m'aper-

çurent et me montrèrent le poing d'un air menaçant. Je me bornai à leur répondre par un sourire narquois en me passant, par moquerie, la patte droite par dessus l'oreille. Que m'importaient leurs gestes de menace ? Sur ma cheminée, je me croyais hors de leur atteinte, dans une position inaccessible où ils ne pouvaient venir me chercher. Et

je dominais la situation avec sécurité. On va voir combien j'avais tort.

Bientôt, les deux amis disparurent pour reparaître peu après, portant un vieux tuyau de poêle hors d'usage qu'ils étaient allés chercher au grenier. Ils grimpèrent assez facilement sur

le toit d'une petite tourelle, assez voisine du groupe de cheminées où je me prélassais, et adaptèrent leur tuyau de poêle à la girouette surmontant le clocheton de la tourelle. Quelles étaient les intentions des deux loustics et que signifiaient tous ces préparatifs? Je ne m'en

inquiétais guère. Je tournais le dos aux deux complices et je regardais voler les mouches en aspirant avec délices l'air embaumé du parc. Pendant ce temps-là, Jack, qui s'était mis à califourchon sur le tuyau de poêle fixé à la girouette, s'avançait tout doucement le long du tube de

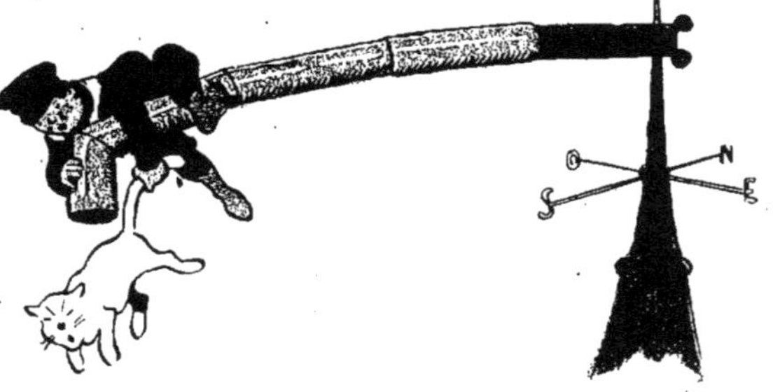

tôle pour en gagner l'extrémité.
Quand il y fut parvenu, il cria à
Isidore :

— Attention à la manœuvre!!

Et Isidore, armé d'un gros
bâton, poussa la girouette. La
girouette tourna ; le tuyau de
poêle tourna avec elle et Jack
tourna avec le tuyau de poêle.
Le résultat de tous ces tournoie-
ments fut que le fils du châtelain se trouva tout à coup der-

rière moi sans que j'eusse eu le temps de m'en apercevoir, et je me sentis brusquement
saisir par la queue. C'était la main de Jack qui venait de s'emparer de mon plus bel orne-
ment, et il s'écria joyeusement :

— Victoire! Nous l'avons! Tout-Blanc est pris! Attends un peu, affreux chat! Nous allons
rire! Je te tiens! Tu as beau te débattre! Je ne te lâche pas!

En effet, je faisais tous mes efforts pour m'agripper à ma cheminée et je miaulais
désespérément, car je savais bien que ce n'était pas pour me caresser et me donner des
friandises que ces méchants gamins voulaient se saisir de moi. Mais personne ne m'entendait
et nul ne pouvait me secourir!

Aussi, Jack a-t-il bien vite raison de mon essai de résistance, et tout à coup, je me
sens enlever dans l'espace par la queue! Quelle situation! Je suis perdu : que vont faire de
moi mes deux ennemis? Pendant que je me le demande, un sinistre craquement se fait
entendre : ce sont les parties du tuyau de poêle, emmanchées les unes dans les autres, qui,
cédant sous le poids de Jack, commencent à se démantibuler. Le tuyau s'incline en avant. Le
bambin pousse un cri de terreur et me lâche la queue pour se cramponner des deux mains
à l'extrémité du tuyau. Abandonné à moi-même, je tombe dans le vide en zigzaguant. Mais,
depuis ma chute du haut de mon ballon, les dégringolades dans l'espace n'ont plus rien qui

m'effraie puisque je sais que je retomberai toujours sur mes pattes ! Et en effet, cette fois-là comme le jour de mon plongeon dans le jardin du ménage Placide, j'arrive à terre en plein sur mes quatre pieds, plouf ! dans la basse-cour où m'ont envoyé mes zigzags dans le vide, sur une couche de paille qui amortit encore ma chute.

— En voilà un qui ne se gêne guère ! s'écrie en détalant une poule que je dérange et que j'ai failli aplatir sous moi.

Une fois debout, je me félicite bien sincèrement d'avoir eu la chance d'échapper à ce garnement de Jack. Mais, à propos, que devient-il, lui ? Il est toujours là-haut, au bout de son

tuyau qui penche de plus en plus. Dans un instant, il va tomber, lui aussi, c'est certain ! Mais, comme il n'est pas chat, il va se tuer sur le sol ! A tout prix, il faut éviter cet effroyable accident ! Malgré sa méchanceté, je me sens ému de pitié et je décampe, bride abattue, pour lui sauver la vie. J'ai une idée !

D'un bond, me voilà sur l'accoudoir de la fenêtre du salon qui s'ouvre juste au-dessous du point où le malheureux enfant est suspendu et je tourne la manivelle du store qui se déroule. Il était temps ! A peine la toile est-elle tendue que patatras ! le tuyau de poêle se

rompt en trois morceaux et le petit baron, culbutant dans le vide, tombe en plein sur le store comme un acrobate de cirque qui manque son trapèze et tombe dans le filet tendu par prudence sous ses voltiges aériennes ! Les ferrures du store ploient sous le coup, mais la

bonne toile résiste : Jack est sauvé ! Néanmoins, il est un peu abîmé par les morceaux du tuyau qui sont tombés sur lui.

Et il dut garder longtemps le bras en écharpe, avec une mentonnière autour de la tête et des emplâtres un peu partout. Ce fut sa punition !

Mais hélas ! cet accident, qui aurait pu, sans moi, devenir mortel, n'a pas guéri le jeune châtelain de son penchant pour les mauvaises plaisanteries. Dès que ses bosses et ses contusions ont disparu, et qu'il est complètement rétabli, le voilà de nouveau en compagnie

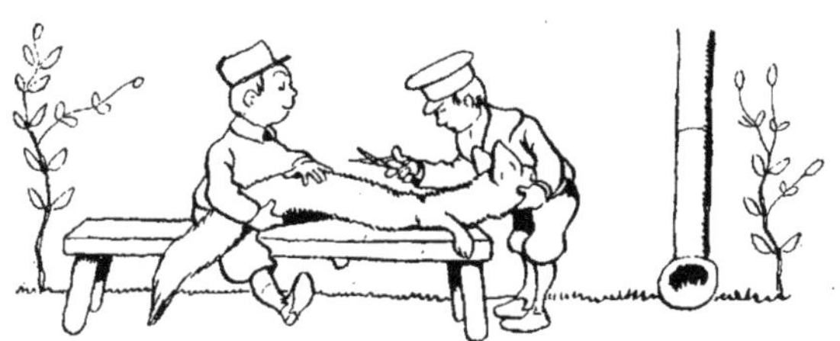

de son inséparable Isidore, projetant de nouvelles mystifications. Il est probable que celle qu'ils viennent d'inventer leur promet beaucoup de plaisir, car je les vois pouffer de rire par avance. C'est mauvais signe. Miss Madge est occupée pour le moment à donner une leçon, dans la bibliothèque,

à la fille du baron de la Roche-Pointue. Nos deux farceurs en profitent pour se glisser dans la chambre de l'institutrice et pour s'emparer d'un superbe boa de fourrure à tête de renard qui lui appartient. Je me demande ce qu'ils vont en faire !

Chargés du produit de leur larcin, les deux mauvais sujets ne restent pas dans le parc : ils ont trop peur d'y être aperçus. Ils s'en vont, dans le village, s'asseoir sur un banc écarté, le long d'une maison dont tous les habitants sont aux champs. Ils y pourront préparer, loin des regards gênants, la niche qu'ils méditent. Mais ils ne se doutent pas que je les ai suivis : curieux comme un chat, naturellement, je veux savoir ce qu'ils organisent. Je les vois d'abord se

livrer à d'étranges besognes qui me surprennent et m'inquiètent : car je ne parviens pas à m'en expliquer le but. A califourchon sur le banc, Isidore maintient la fourrure de Miss Madge, pendant que Jack, à grands coups de ciseaux, y pratique une large entaille. Puis, après un colloque à voix basse avec

son complice, Isidore disparaît mystérieusement. Il se faufile dans la cour de la maison déserte où, en haut d'un mât, se dresse un pigeonnier, et se met à grimper à ce mât comme à un mât de cocagne. Il a eu l'année dernière, le premier prix de gymnastique à l'école : il y paraît et c'est pour lui un véri- table jeu que de se hisser jusqu'au domicile de messieurs les Pigeons. Il y introduit son bras tout entier. On entend pendant un instant, dans l'intérieur de l'habitacle, des claquements d'ailes, un piéti- nement de petites pattes dans des cris de pigeons qu'on dérange... Puis, frrrrst ! le petit dénicheur de

volailles se laisse glisser jusqu'à terre, l'air triomphant. Il a ce qu'il veut. Il court rejoindre son com- pagnon qui l'attend avec impatience. Il lui montre un superbe pigeon qu'il vient de prendre au fond du pigeonnier.

— Tu n'as pas choisi le plus petit ! s'écrie Jack enchanté ! Il est de taille ! Il vo- lera bien !

— Il volera comme un aigle ! répond fièrement le fils du garde-chasse qui lui aussi vole, puisqu'il vient de voler le pauvre oiseau.

— Malheureux pigeon ! pensais-je. Tu ne sais pas ce qui t'attend entre les mains de ces bambins qui aiment tant martyriser les bêtes !

Cependant, dans la fente qu'ils ont faite au milieu de la fourrure de Miss Madge, les jeunes diablotins introduisent l'infortuné volatile et l'y enferment en recousant le ventre du renard avec de la ficelle. Voilà le pigeon prisonnier dans le tour de cou ! Jack prend de nouveau les ciseaux et pratique, dans la fourrure, deux trous circulaires par lesquels il fait passer les ailes du prisonnier. Et c'est un animal bien surprenant que les deux amis ont ainsi fabriqué : c'est un monstre comme on n'en voit guère : il a une tête et des poils de renard, des ailes de pigeon et une queue... de boa, puisque c'en est un. Isidore, qui a escaladé le banc, le lâche dans les airs en exécutant une gigue de joie ! Les ailes s'agitent, l'animal fantastique vole et les deux loustics enthousiasmés poussent des

cris d'allégresse et des éclats de rire frénétiques.

— Lâchez tout! s'écrie Jack en abandonnant la queue du monstre qui prend son essor en toute liberté et s'envole à travers le village où la vue de cette bête réellement magique détermine une panique complète parmi les habitants de la localité. Ce sont partout des exclamations de terreur et des fuites éperdues. « Au secours! Au secours! C'est le diable! » clament les paysannes affolées. Les animaux eux-mêmes, épouvantés, décampent de toutes les basses-cours et dans toutes les directions avec des cris perçants! C'est un tohu-bohu effroyable, un vacarme assourdissant — un sauve-qui-peut général! Le village, si paisible d'ordinaire, est en révolution. Et le dragon aérien continue à voler çà et là, à tire d'ailes, sans se douter de l'émoi qu'il sème sur son passage.

Des accidents divers sont causés successivement sur plusieurs points du pays par le monstre volant dont la présence est signalée un peu partout. Dans la cour d'une ferme. le chien de garde l'aperçoit qui vole dans sa direction et est pris d'un tel effarement qu'il ne songe plus qu'il est enchaîné à sa niche : il s'élance en avant et fuit avec tant de force qu'il entraîne derrière lui sa maison de bois bondissante !

Dans l'étang voisin, s'ébattent quelques baigneurs qui, par ce chaud après-midi d'été, jouissent de la fraîcheur de l'eau. Tout à coup, ils voient passer au-dessus de leurs fronts le renard-volant à queue de boa ! Fous de terreur, d'un mouvement instinctif, ils plongent leurs têtes sous l'eau et boivent un bon coup : ce qui leur paraît excessivement désagréable.

Moi-même qui, pourtant, du haut d'un toit, ai assisté à tous les préparatifs de Jack et d'Isidore, moi, qui sais comment a été fabriqué le monstre, je ne puis réprimer un mouvement de réelle émotion en le voyant brusquement paraître. Je suis même si violemment troublé que, sans raisonner, je m'empresse de piquer une tête dans la cheminée la plus proche.

Le long de la rivière, se trouvait un brave pêcheur qui avait déposé un instant sa ligne sur l'herbe pour se reposer. Et voici la bête fantastique

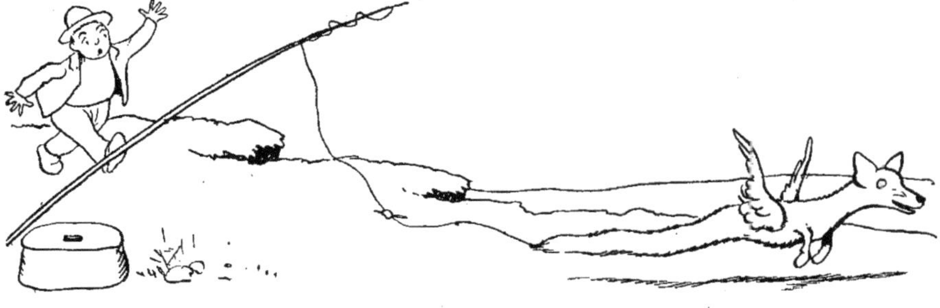

qui arrive, rasant le bord de l'eau d'un vol très bas. Elle passe près de la ligne, sa queue qui balaie le sol accroche au passage l'hameçon qui s'enfonce dans sa fourrure. Et d'un vigoureux coup d'aile, le renard ailé monte en l'air en emportant la ligne et la canne à pêche suspendues à sa queue !

A cette vue, une clameur de surprise monte de la place du village où tous les habitants rassemblés suivent avec inquiétude dans l'espace, les évolutions rapides de l'animal diabolique. Les hommes se sont armés de fourches, de pelles, de pioches, les femmes de balais, les enfants de bâtons pour se défendre des atteintes de la bête inconnue et l'abattre si elle fait mine de se jeter sur eux. Mais, on dirait qu'il pressent le danger qui le menace, l'astucieux dragon, car, il a soin de se tenir maintenant à des hauteurs inaccessibles. Il va, tourne, revient, repart, s'éloigne par-dessus les toits. Il a l'air de se moquer du monde avec sa canne à pêche qui pend derrière lui !

— Jamais on n'a vu un animal comme celui-là dans le pays ! s'écrie un gros fermier en brandissant une faux. Comment cela peut-il s'appeler, ces bêtes-là ?

— Est-ce qu'on sait ! répond la femme de l'épicier qui manœuvre un fouet. Celle-là doit venir de loin ! Peut-être bien d'Amérique ou du Japon !

Au même moment arrive le garde champêtre... Et tout le monde pousse un soupir de soulagement : on se sent rassuré par sa présence. Car on sait que c'est un ancien cuirassier — un

dur-à-cuire qui n'a pas froid aux yeux et qui n'a peur de rien.

— Où est-il, cet insecte ? demande-t-il en fronçant le sourcil.

Mais au moment même où on le lui montre, le monstre passe au-dessus du toit de l'auberge du *Lion d'Or*, la canne à pêche qu'il remorque pénètre dans une cheminée, et la bête infernale, arrêtée dans son vol, s'abat et demeure suspendue à la ligne, entre ciel et terre ?

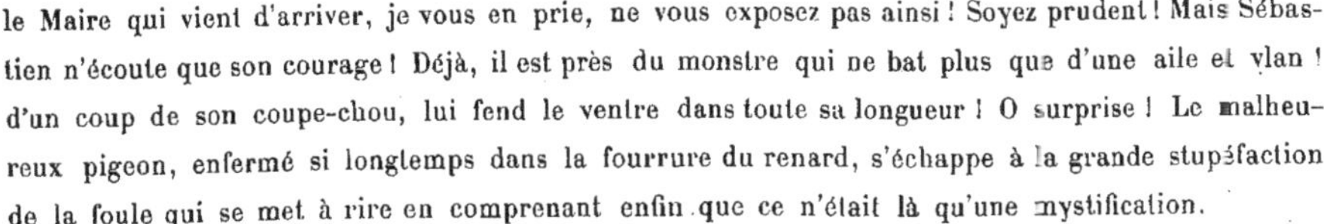

Alors, pendant que le village entier pousse un cri de victoire, le garde champêtre met sabre au clair et se précipite en avant pour courir sus à l'animal empêtré : — Sébastien ! lui crie le Maire qui vient d'arriver, je vous en prie, ne vous exposez pas ainsi ! Soyez prudent ! Mais Sébastien n'écoute que son courage ! Déjà, il est près du monstre qui ne bat plus que d'une aile et vlan ! d'un coup de son coupe-chou, lui fend le ventre dans toute sa longueur ! O surprise ! Le malheureux pigeon, enfermé si longtemps dans la fourrure du renard, s'échappe à la grande stupéfaction de la foule qui se met à rire en comprenant enfin que ce n'était là qu'une mystification.

Mais Miss Madge, en rentrant en possession de son tour de cou, poussa un cri de douleur et de regret en le voyant en aussi piteux état et tout déchiqueté, car c'était un souvenir de famille que lui avait donné sa mère, et elle y tenait beaucoup.

VI

Deux bonnes leçons. — Tribulations de deux nez

Pendant que se terminait la petite comédie organisée par Jack et Isidore, je songeais à eux et je m'indignais.

Ces galopins-là ne respectent décidément rien ! me disais-je en me croisant les pattes sur la poitrine. Ils abîment les choses et se moquent des personnes ! Tout le monde, bêtes et gens, est, à tour de rôle, victime de leurs infernales inventions.

Si on les laissait faire, ils auraient bientôt mis la maison au pillage et fait mourir de chagrin tous les animaux du pays !

Il s'agit de mettre ordre à cela ! et de les empêcher de se livrer à tous les caprices malfaisants de leur diabolique imagination. Ils en ont assez fait ! Halte-là, mes gaillards !

Cette existence-là ne peut pas durer ! Il faut qu'ils reçoivent, une fois pour toutes, une bonne

et sérieuse leçon. Et puisque personne, pas même leurs parents, ne se décide à la leur donner, eh bien ! c'est moi qui m'en chargerai !... Oui, mais il leur faut un châtiment exemplaire ! Lequel ?

Tout en fouillant les coins et les recoins de ma fertile imagination, j'arpentais le parc à grands pas, lorsque, tout à coup, je m'entendis appeler par une petite voix grêle que je connaissais bien : c'était celle de Vole-au-Vent, un jeune papillon blanc dont j'avais fait la connaissance dans des circonstances particulièrement tragiques. Je lui avais tout simplement sauvé la vie, certain jour qu'il était en butte à la convoitise d'une vipère qui déjà le tenait, fasciné et palpitant, sous le regard de ses yeux magnétiques.

Le pauvre papillon, immobilisé de terreur sur un brin d'herbe, allait devenir la proie du terrible serpent, qui, déjà, s'apprêtait à s'élancer sur lui, lorsque, spectateur, derrière un buisson, de cette scène pénible, je bondis tout à coup sur la vipère, la saisis par le cou et, de mes dents aiguës, l'étranglai tout net. Depuis lors, Vole-au-Vent, qui me devait l'existence, était resté mon ami.

Et ce jour-là, perché sur une rose, dans un massif de fleurs, il m'avait vu passer dans le parc et m'avait interpellé pour me souhaiter le bonjour.

— Et où vas-tu donc ainsi, mon cher Tout-Blanc? me demanda-t-il. Tu as l'air tout préoccupé et tout pensif.

Et tu es si absorbé dans tes méditations que, Dieu me pardonne! tu allais passer près de moi sans même m'apercevoir ! !

— C'est vrai, mon petit Vole-au-Vent, lui répondis-je. Excuse-moi ! C'est que je songe à corriger une bonne fois ces deux insupportables garnements qu'on appelle Jack et Isidore, ces deux fléaux des personnes et des animaux !

— A qui le dis-tu, brave ami ! exclama le papillon blanc. Va, je les connais aussi bien que toi !... Que de fois m'ont-ils poursuivi, en essayant de me prendre avec leurs chapeaux ! J'ai heureusement pu leur échapper !... Et tu veux les corriger, disais-tu?

— Oui, déclaré-je. Je veux leur jouer un tour de ma façon, et leur faire expier, d'un seul coup, toutes les méchancetés qu'ils ont faites aux animaux. Mais comment ? J'ai beau chercher... Je ne trouve pas !

Vole-au-Vent secoua alors ses ailes et déploya deux ou trois fois en l'air la petite trompe qui lui sert à pomper le suc des fleurs : ce qui est sa façon de manifester sa joie.

— Attends, mon cher Tout-Blanc ! me cria-t-il avec gaîté. Je vais peut-être pouvoir te donner un coup de main dans ton entreprise ! Ou plutôt te suggérer une idée ! Tout-à-l'heure, en volant dans la cour du château, j'ai aperçu l'un de tes deux mauvais drôles !

— Lequel ? fis-je.

— Isidore, le fils du garde-chasse ! répliqua mon ami aux ailes couleur de neige.

Il était précisément en train de se livrer à une occupation qui pourra certainement te fournir l'occasion de le punir comme il le mérite.

— Laquelle ?

— Viens avec moi ! Tu verras par toi-même !

Et, déployant ses ailes, Vole-au-Vent se mit à voleter dans la direction de la cour en me faisant signe de le suivre : ce que je fis de bonne grâce, car j'étais fort intrigué et je ne comprenais guère ce qu'il voulait dire.

A l'angle du château, le papillon s'arrêta sur une touffe de glaïeuls et me montra, en effet, le jeune Isidore, monté sur le bout d'un banc.

Le fils du garde-chasse de Monsieur le baron était en train de repasser un couteau sur une meule, et ce petit jeu-là semblait l'amuser prodi-

gieusement, car il tournait la roue de pierre avec une vitesse vertigineuse.

Alors, se penchant vers moi, Vole-au-Vent me développa son plan en quelques mots chuchotés à voix basse.

Mais si bas qu'il eût parlé, je le compris parfaitement. J'étouffai un miaulement de joie et je murmurai :

— Bravo, petit papillon ! Ton idée est excellente et je vais immédiatement suivre ton conseil ! Merci, brave ami !

Merci et au revoir !

Pendant ce temps-là, Isidore avait toujours continué à tourner sa meule.

Tourne, mon ami, tourne toujours ! Ce n'est pas un couteau que je vais repasser sur la pierre, moi ! Et, rasant la terre, j'avance si doucement sur mes pattes de velours qu'une fourmi ferait plus de bruit en marchant.

Je me faufile et me tapis sous le banc.

M'y voici ! Attention au mouvement, mon petit Tout-Blanc

Ne va pas manquer ton coup ! Du nerf et de la précision ! Un, deux, trois ! Hop là !

Et, en faisant le gros dos, je soulève brusquement sur mon échine l'extrémité du banc opposée à celle où se tient le méchant Isidore.

Patatras ! Le voilà qui bascule en avant, et, lâchant son couteau, tombe le nez en plein sur la meule qu'il a si bien lancée, qu'elle continue à tourner toute seule et lui rabote les narines de la belle façon !

Attrape, jeune homme ! Tu as assez fait souffrir les autres pour qu'on te fasse un peu souffrir à ton tour. C'est la peine du talion.

Ah ! quels cris le petit polisson se mit à pousser ! Il ne se donna pas la peine de ramasser son couteau ! Il prit ses jambes à son cou et se sauva en pleurant, le nez en compote, meurtri et tout saignant !...

Et là-bas, sur sa touffe de glaïeuls, Vole-au-Vent, qui n'avait rien perdu de cette scène, agitait ses ailes et sa trompe dans un délire de joie.

Certainement, s'il avait eu des mains, il aurait applaudi.

Pendant de longs jours, on vit maître Isidore, le nez enveloppé de linge, faire une singulière figure en attendant la guérison.

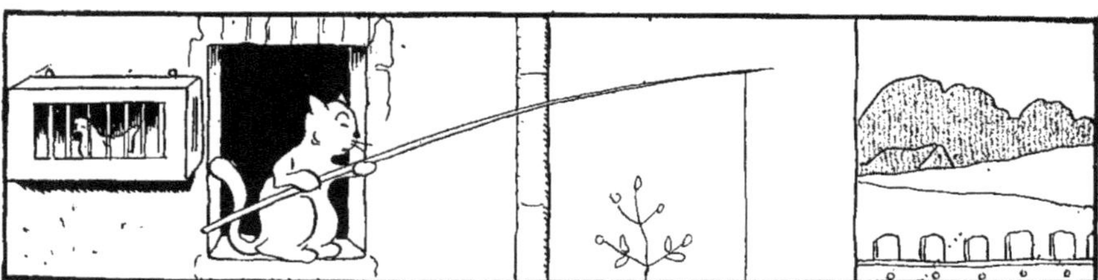

Il avait l'air d'avoir un tampon de grosse caisse dans le milieu de la figure.

Mais, lorsqu'il put sortir et recommença à aller à l'école, les enfants du village, en le voyant passer, se le montrèrent avec surprise : son nez était singulièrement raccourci : la meule lui en avait enlevé plus de la moitié !

Alors, en l'apercevant ainsi, ses camarades de classe se mirent à rire en se moquant de lui.

— Regardez-le donc ! s'écriait l'un d'eux. Il n'a plus de nez ! Il l'a pour sûr laissé dans son mouchoir en se mouchant trop fort !

— Mais non ! exclamait un autre. Tu vois bien que c'est sa curiosité qui est cause de tout. Il avait l'habitude de fourrer toujours son nez partout... Et un beau jour, il ne s'est plus rappelé où il l'avait fourré ! Il n'a jamais pu le retrouver !

— On pourrait l'appeler Monsieur Nez-en-moins ! suggéra un troisième.

Comme personne ne plaignait Isidore à cause de sa méchanceté bien connue, tous les enfants, en entendant cela, se mirent à rire en s'écriant :

— Oui, oui ! C'est Monsieur Nez-en-moins ! Bonjour, Monsieur Néanmoins !

Le fils du garde-chasse, très vexé et tout rouge de honte, courbait la tête sous cette avalanche de quolibets sans oser y répondre.

Il fut obligé, bon gré mal gré, d'accepter le sobriquet qui lui resta.

J'en riais sous cape, en me félicitant d'avoir si bien réussi à punir un des deux petits garnements.

— Tout-Blanc, me dis-je, tous mes compliments. C'est par le nez que tu as pris Isi-

dore ; c'est aussi par le nez qu'il faut châtier son ami Jack. A nous deux, monsieur le baron !

Et, l'imagination surexcitée par une excellente idée, je me mis en marche pour exécuter la seconde partie de mon plan.

J'allai me percher sur le bord d'une fenêtre auprès de laquelle était accrochée une cage. Dans cette cage roucoulait un pigeonneau.

J'avais eu soin de me munir d'une ligne que je jetai dans l'air. Avec ma canne à pêche dans les pattes et mon hameçon qui pendait dans le vide, on pouvait me prendre pour un chat qui pêche des mouches.

Pas si bête ! J'attendais simplement le passage de ce galopin de Jack !

Il ne tarda guère à paraître : il arrivait en sifflant et en regardant à ses pieds, méditant probablement quelque bon tour ; en sorte qu'il n'aperçut l'hameçon que lorsque celui-ci lui pénétra dans une narine.

Pendant qu'il faisait un soubresaut en se sentant piqué, d'un coup de dent, je coupai le fil de la canne à pêche et, jetant la griffe dans la cage, je m'emparai du pigeonneau, je lui attachai à la patte le bout du fil que je tenais, et je le lâchai.

Aussitôt, l'oiseau joua des ailes et s'envola, entraînant après lui Jack qui, le nez pris à l'hameçon, fut bien obligé de se mettre au pas gymnastique pour suivre son conducteur à plumes.

Précisément, mon ami Bob se promenait de ce côté-là et vit passer le fils du châtelain, mené au bout d'un fil par le pigeon voyageur. Il éclata de rire, l'excellent toutou, et s'écria :

— Ah ! ce n'est pas trop tôt ! Voilà ce mauvais drôle pêché par un oiseau ! Le voilà au bout d'une ligne, pris à l'hameçon, comme un brochet !

Et il est si content d'avoir vu cela qu'il prend la tête du cortège. L'oiseau toujours volant, Jack toujours courant avec une grimace, le carlin trottinant en éclaireur, les voilà qui arrivent devant la façade du château.

Miss Madge, le valet de chambre et le jardinier, en apercevant le petit baron dans cet équipage, poussent des exclamations de surprise effarée... Et Jack ne rit plus comme le jour où il a enfermé le

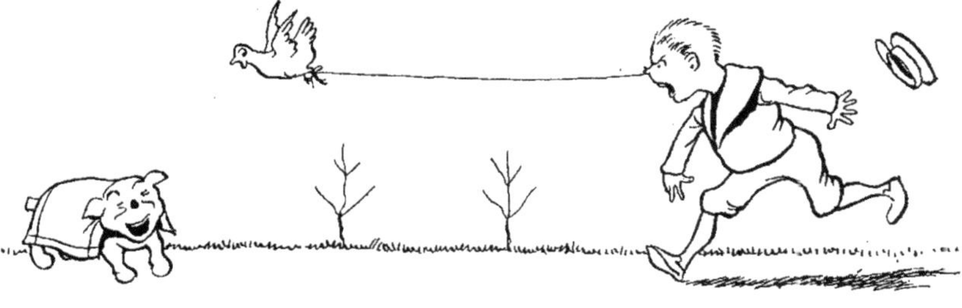

pigeon dans le boa de renard... Il a même l'air fort piteux et très mal en point, monsieur le baron, au bout de sa ficelle !

Les suites de ma petite vengeance semblèrent d'abord les mêmes pour le fils du châtelain que pour celui du garde-chasse.

Comme Isidore, quelques jours auparavant, Jack dut, après cette aventure, garder la chambre. On lui enveloppa le nez de compresses et de cataplasmes.

Ce fut après sa complète guérison que les effets de sa blessure apparurent tout autres que ceux de la blessure de son jeune complice. Et rien ne fut plus comique que la première entrevue des deux amis, se trouvant face à face, dans le parc, après toutes ces péripéties.

En s'apercevant, ils poussèrent tous deux le même cri d'étonnement.

Alors que Isidore s'était si bien usé le nez sur la meule qu'il n'en avait presque plus, celui de Jack, tiré par l'hameçon, avait grossi démesurément — était devenu un vrai pied de marmite.

— Ah ! mon pauvre Isidore ! s'écriait le petit baron, qu'est-ce que tu as donc fait de ton joli nez en l'air... Tu l'as donc vendu pour acheter des billes?

— Et bien, et le tien ! ripostait M. Nez-en-moins vexé. Tu pourrais m'en céder un peu, car tu en as au moins pour deux. Qui est-ce qui a pu te mettre cette pomme de terre là entre les deux yeux?

Nous assistions à l'entretien, l'ami Bob et moi, et notre hilarité n'avait plus de bornes.

Nous n'avions pas la moindre compassion pour ces petits vauriens si cruels et si méchants; nous n'avions l'un et l'autre qu'une seule et même pensée :

— C'est une juste punition de leurs méfaits !

Si ces deux enfants n'avaient pas eu ces instincts cruels et pervers, tous les animaux auraient été leurs amis.

Loin de chercher à leur faire du mal, nous n'aurions fait que de les entourer de soins et de

prévenances. Mais la méchanceté attire la méchanceté. C'est bien fait pour eux !

Et, satisfait du double résultat de ma petite vengeance, j'allai m'étendre tout à l'aise sur un tapis où je m'endormis du sommeil du juste !

ÉPILOGUE

Départ pour Londres. — Bonheur parfait.

Je ne devais d'ailleurs plus rester longtemps le chat du château. Un jour, Miss Madge eut la chance de gagner un lot de cinq cent mille francs avec un billet de loterie. Elle en profita pour donner sa démission d'institutrice et pour quitter la famille de la Roche-Pointue; la dernière farce des deux petits polissons — l'état pitoyable dans lequel on lui avait rendu sa fourrure de cou l'avait complète-

ment dégoûtée de la vie de château. Mais, en s'en allant, ô joie, elle nous emportait, Bob et moi, chacun dans un petit sac qu'elle avait fait faire tout exprès et où, moelleusement étendus sur un bon capitonnage, nous pouvions voir et respirer à travers un petit grillage de cuivre.

Naturellement, Miss Madge nous emmena à Londres, sa ville natale, où elle s'installa avec nous dans une jolie maisonnette qu'elle avait achetée dans Charing-Cross, le quartier de la ville où elle était née. Et c'est là que, depuis cette époque, je vieillis au sein d'un bonheur tranquille que rien ne trouble, en compagnie de mon vieil ami Bob que j'aime de plus en plus.

Ensemble, nous adorons notre gentille maîtresse qui est pour nous une véritable petite maman pleine de douceur et de gâteries :

— Vois-tu, mon cher Bob, dis-je souvent au carlin à qui j'ai raconté toutes les aventures de ma vie si mouvementée, j'ai vécu chez bien des maîtres divers. J'ai été chez des villageois, j'ai connu la bourgeoisie et j'ai fini par la noblesse. Et bien, sais-tu ce que j'ai remarqué dans tous mes changements de situation ?

C'est que, si parfois on tombe sur quelques méchants comme Jack et Isidore, on rencontre aussi de braves gens partout !

www.ingramcontent.com/pod-product-compliance
Ingram Content Group UK Ltd.
Pitfield, Milton Keynes, MK11 3LW, UK
UKHW022346130726
13694UKWH00006B/1307